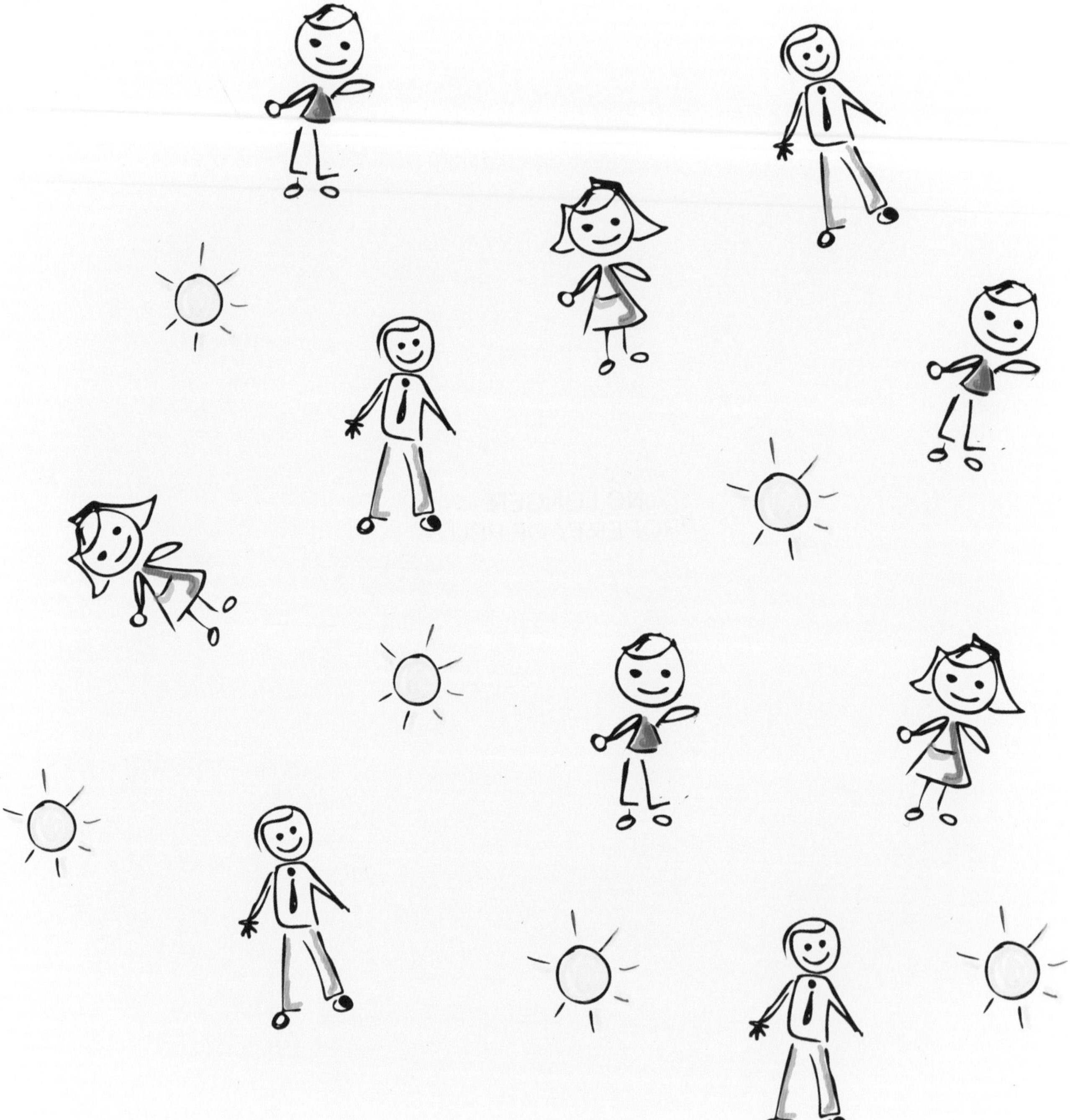

Daddy, MY Favorite guy

爸爸，我最喜歡的人

bà bà　　wǒ zuì xǐ huān de rén

Written by／作者
Icy Smith & Crystal Smith

Illustrated by／插圖
Octavio Oliva

Chinese Translation by／翻譯 Emily Wang

East West Discovery Press
Manhattan Beach, California

Published by East West Discovery Press
P.O. Box 3585, Manhattan Beach, CA 90266
Phone: 310-545-3730, Fax: 310-545-3731
Website: www.eastwestdiscovery.com

Written by Icy Smith and Crystal Smith
Illustrated by Octavio Oliva
Chinese Translation: Emily Wang
Consulting Editor: Michael Smith
Design and Production: Icy Smith and Jennifer Thomas

ISBN-13: 9780985623791 Hardcover
ISBN-13: 9780985623753 Paperback
Library of Congress Control Number: 2013934783
First Bilingual English and Chinese Edition 2013
Printed in China
Published in the United States of America

Dedications

To all the loving dads who make the difference in their children's lives
and impact generations to come.

—I. S.

To my dad, who I will always believe is the smartest guy in the world.

—C. S.

To all the hardworking moms and dads who know that
the most important job they will ever have is being a parent.

—O. O.

Acknowledgments

The authors and publisher are grateful to
First 5 LA for their editorial advice on this book.

My favorite guy is special to me.

He makes me happy, and this you will see.

爸爸對我特別好。
bà bà duì wǒ tè bié hǎo.

同在一起幸福多 ， 天天開心沒煩惱！
tóng zài yī qǐ xìng fú duō, tiān tiān kāi xīn méi fán nǎo!

5

He holds me tight and
knows how I feel.
He knows when I'm hungry,
and cooks a great meal.

6

他會緊緊抱著我，給我關心和溫暖。
tā huì jǐn jǐn bào zhe wǒ,　gěi wǒ guān xīn hé wēn nuǎn.

肚子餓了沒關係，他來準備美味餐。
dù zi è le méi guān xī,　tā lái zhǔn bèi měi wèi cān.

7

He's my favorite teacher
and I learn a lot—
like tying my shoes
and stirring the pot.

教我學習好老師，
jiāo wǒ xué xí hǎo lǎo shī,

每天都有新功課。
měi tiān dōu yǒu xīn gōng kè.

耐心練習繫鞋帶，
nài xīn liàn xí xì xié dài,

煲湯煮菜真快樂。
bāo tāng zhǔ cài zhēn kuài lè.

8

9

When we clean up, it's all about fun.
We have a good time
while we get the job done.

上上下下勤打掃，享受勞動樂趣多。
shàng shàng xià xià qín dǎ sǎo, xiǎng shòu láo dòng lè qù duō.

大功告成好得意，
dà gōng gào chéng hǎo dé yì,

整齊清潔樂陶陶。
zhěng qí qīng jié lè táo táo.

11

We look at some books,
and I make the choice.

架上好多故事書，
jià shàng hǎo duō gù shì shū,

挑本好書他來讀。
tiāo běn hǎo shū tā lái dú.

He reads me the story in a very silly voice.

扮讀唯妙又唯肖，我們共享讀書樂。
bàn dú wéi miào yòu wéi xiào,　 wǒ mēn gòng xiǎng dú shū lè.

13

We make pretend in a blanket fort.
We imagine inside it's the royal court.

毛毯底下小世界，

máo tǎn dǐ xià xiǎo shì jiè,

好像身在皇宮裡。

hǎo xiàng shēn zài huáng gōng lǐ.

15

We dress up together and he plays a prince.
He makes things fun without even a wince.

扮成公主和王子，
bàn chéng gōng zhǔ hé wáng zǐ,

他是我的好玩伴。
tā shì wǒ de hǎo wán bàn.

17

He's the best tickle-monster,
and makes me giggle.
I twist and squirm and wriggle and wiggle.

哈癢逗我呵呵笑，
hā yǎng dòu wǒ hē hē xiào,

東躲西藏團團轉。
dōng duǒ xī cáng tuán tuán zhuàn.

19

He is strong and keeps me from harm.
When the thunder roars,
I feel safe in his arms.

強壯臂膀保護我，使我不會受傷害。

qiáng zhuàng bì bǎng bǎo hù wǒ, shǐ wǒ bú huì shòu shāng hài.

雷聲轟隆不害怕，

léi shēng hōng lóng bú hài pà,

安心躲在他懷裡。

ān xīn duǒ zài tā huái lǐ.

21

When we climb up a hill
and it seems too long,
He cheers, "Don't give up!"
and "You can be strong."

上山路遠走不動，
shàng shān lù yuǎn zǒu bú dòng,

好像永遠到不了。
hǎo xiàng yǒng yuǎn dào bù liǎo.

他會大聲叫加油，
tā huì dà shēng jiào jiā yóu,

「我們一定走得到！」
wǒ mēn yí dìng zǒu dé dào!

23

Heroes on TV might jump over a wall,
but he's a real hero—the best of them all.

電視英雄翻高牆。
diàn shì yīng xióng fān gāo qiáng.

他是勇敢真英雄。
tā shì yǒng gǎn zhēn yīng xióng.

25

He is funny and caring, you have to agree.
I love my favorite guy, and my daddy loves me!

風趣體貼沒得說，你們不得不贊同。
fēng qù tǐ tiē méi dé shuō,   nǐ mēn bù dé bú zàn tóng.

我愛爸爸，爸爸也愛我。
wǒ ài bà bà,   bà bà yě ài wǒ.

And me!

还有我啊！
hái yǒu wǒ a!

27

About the Authors

Icy Smith is the author of many acclaimed historical fiction and nonfiction books including *The Lonely Queue, Mei Ling in China City, Half Spoon of Rice, and Three Years* and *Eight Months*. She is the recipient of numerous book awards including the National Joint Conference of Librarians of Color Author Award for her contributions to the understanding of diversity and history in the United States and the world.

Crystal Smith started her book career at a young age. She is the co-illustrator of the award-winning books *World Trivia* and *Questions for Kids*. Her writing talent is debuted in *Daddy, My Favorite Guy,* her first children's book.

About the Illustrator

Octavio Oliva is the award-winning illustrator of *Relatividad,* a Junior Library Guild Selection, *Grasshopper Buddy,* and *My Ducky Buddy.* Oliva enjoys playing guitar at various L.A. venues.

About the Translator

Emily Wang is the Chinese translator of the award-winning books *The Lonely Queue, Half Spoon of Rice, The Land of Golden Mountain,* and *My Ducky Buddy.* She also enjoys writing poetry.

 Other award-winning titles by Icy Smith

Mei Ling in China City

Half Spoon of Rice

Three Years & Eight Months